KB126319

부케를 발견했다

부케를 발견했다

최정화 글 × 이빈소연 그림

미메시스

차례

내가 묵고 있는 주택은 동료인 김일신 씨의 처가 소유로, 지은 지 30~40년쯤 지난 것으로 보이는 3층짜리 벽돌 건물이다. 개축할 시기가 지난 듯 벽에는 길게 금이 간 곳도 있었고 모서리 벽이 무너져 내린 흔적도 발견되었다. 초인종은 작동이 되지 않았고 전기 시설도 전혀 관리가 되어 있지 않아서 도착한 첫날부터 2층 침실의 형광등을 갈아 끼우고 세면대의 배수구를 손보아야 했다. 하지만 그 정도의 수고를 지불하고 2주일간 별장을 공짜로 사용할 수 있다면 손해라고 할 수 없었다.

흉가로 알려진 이곳 김일신의 별장에서 보내는 휴가

는 충분히 만족스러웠다. 심지어 계속 살라고 해도 그럴 수 있을 것 같았다. 실재하지 않는 무엇 때문에 눈에 보이는 이익을 거부할 이유가 대체 뭐란 말인가. 알 수 없는 기운에 의해서 살인이 반복되는 흉가라는 사실에 나는 전혀, 라고 할 만큼 두려움을 느끼지 않았다. 몇 군데만 수리하면 이용하는 데 전혀 문제가 없는 집이 버려진 것이 안타까울 따름이었다.

이틀째 되는 날에는 창틀이 썩어 있는 것을 발견했는데 아마 비가 들이칠 때 창이 열려 있던 탓인 것 같았고, 나무로 된 방문이 아귀가 안 맞아 닫히지 않는 것은 집을 사용하는 사람이 나 혼자니 크게 상관할 일이 아니었다. 그 정도면 꽤 양호하다고까지 할 수 있었다.

일신 씨의 아버지인 김경규 씨의 방에도 들어가 보았는데 손을 보았기 때문인지 오히려 그 방이 가장 말쑥했다. 김일신이 다시는 발도 들이지 않는다던 그 방에서 내가 발견한 것이라고는 세상의 모든 평범한 집에서 발견될 만한 것들뿐이었다. 잇자국이 남아 있는 스트로와 딱딱하게 굳어 버린 휴지 조각, 완전히 말라비틀어져 언뜻 드라

이플라워처럼 보이는 벌레의 사체 같은 것들이었다. 음습한 기운 같은 건 전혀 없었기 때문에 가장 볕이 잘 들고 널찍한 그 방에 짐을 풀고 침실로 이용한 건 지극히 자연스러운 일이었다.

잠에 들기 전에 침대 옆에 놓인 나무 책상에 앉아 독일에 있는 베르트 휠더 교수에게 메일을 보냈다. 베르트는 뷔르츠부르크 대학에서 사회성 진화를 가르치고 있었는데 그와 초유기체The Superorganism라는 주제를 놓고 토론했다. 다윈이 『종의 기원』에서 자기 이론에 치명적이라고 할 수 있는 〈특별한 어려움〉이라고 표현했던 불임 계급에 대한 내용이었다.

나는 이타주의자가 더 많이 살고 있는 무리가 다른 무리에 비해서 번식 면에서 유리해야만 이타적 유전자가 전파될 수 있다고 주장한 반면 베르트는 그렇지 않다고 했다. 자기가 해밀턴 법칙(이타적 형질이 개체군에서 퍼져나갈 수 있는 경우를 간명한 수식으로 표현함)을 뛰어넘는 어떤 순간을 발견했으며 이제 남은 일은 그 연구 논문에 이름을 붙이는 정도가 될지도 모르겠다고 했다. 하지만 그

부케를 발견했다

는 메일에서조차 나를 설득하지 못하고 있었으므로 그 논문에 이름을 붙이는 데는 꽤 시간이 걸릴 듯했다.

베르트에게 메일을 쓰는 동안 천장에서 벌레의 사체가 떨어져 키보드의 자판 사이로 들어가면 좀 짜증이 났을 뿐 별장에서의 생활은 대부분 만족스러웠다. 가스레인지가 켜지지 않았을 때만은 좀 당황했다. 20년도 더 지난 모델이었다. 취사가 되었더라도 직접 식사를 만들진 않았을 테니까 크게 불만은 없었다. 다만 뜨거운 차를 마시지 못한다는 것 정도는 아쉬웠다. 난 매일 아침 꿀에 탄 홍차를 두 잔 마시고 나서 하루를 시작했으니까. 하지만 생활에 약간의 변화를 주는 것도 나쁘지 않을 것이다.

별장에 대해 조금 더 자세히 설명하자면, 이 집에서 불미스런 세 가지 사건이 일어났다. 일신 씨의 식구들은 그 이유로 더 이상 이 집에 살지 않는다.

첫 번째 사건은 이 집을 직접 설계한 김일신의 조부에 의해 일어났다. 김일신의 조부인 김경규는 꽤 유명한 건축설계사였다. 굉장한 노력파인데다 다른 데 한눈팔지 않는

성실한 성격으로 계획한 대로 삶을 이끌어 온 그는 말년에는 자기가 직접 설계한 집에서 노년을 보내는 것이 꿈이었다. 늘 그래 왔듯이 그는 결국 그 꿈을 이루었다. 파스텔톤 만화 영화의 마지막 장면처럼 자신의 설계 도면대로 신축되는 건물을 바라보며 흡족한 미소를 지을 수 있었다.

그런데 어찌된 일인지 집이 완공되고 이사를 마친 이후에 김경규의 성격은 급속도로 바뀌었다. 여유를 잃지 않으며 농담을 즐기던 낙천성이 사라지고 신경질적이고 예민하며 감정을 억누르지 못하는 일도 종종 생겼다. 부부 관계에도 금이 가기 시작했다. 조모는 남편을 멀리하기 시작하더니 각방을 사용하는 것도 모자라 나중에는 남편과 같은 층에는 있으려고도 하지 않았다. 식구들이 보기에 조모는 남편을 무서워하는 것 같았는데, 결국 아무 말 없이 어느 날 집을 나가 다시 돌아오지 않았다.

조모가 집을 나간 뒤 김경규는 자주 거실의 거대한 거울 앞에서 자기 모습을 물끄러미 들여다보는 일이 잦았다. 그는 집에 있을 때도 머리에서부터 발끝까지 정장을 차려입고 반지와 목걸이를 끼고 머릿기름을 발라 머리카락을

다듬었다. 하는 일이라고는 고작 차를 마시면서 신문을 읽고 집 안을 돌아다니고 기르던 개들의 산책과 털을 빗질하는 정도였는데도 말이다. 그렇게 단정하게 차려입은 채로 김경규는 거울 앞에 서서 자기 모습을 물끄러미 바라보곤 했다. 그는 거울을 오래도록 들여다보다가 거울에 얼굴을 아주 가까이 대고 물었다.

「당신 대체 누군데 매일 남의 집 거실 한가운데 서 있는 겁니까?」

그는 화를 억누르며 친절하게 질문하려고 애썼지만 얼굴 근육은 씰룩거리고 있었다.

김경규는 매일 거울 앞에서 그 질문을 반복했고 시간이 지나도 조모에게서는 연락조차 없었다. 하지만 식구들은 조모가 집을 나가고 난 뒤 신발장의 구두가 한 켤레도 비어 있지 않다는 사실을 깨닫지 못했다.

두 번째 사건은 김일신의 부친이 저질렀다. 김일신의 부친인 김우래 씨는 평소 법이 없이도 살 사람이라는 이야기를 들을 정도로 온화한 성품의 인물로 아버지와는 달리 일이나 성취에 대한 욕심은 거의 없고 느긋하게 인생을 즐기는 한량이었다. 자식들에게도 관심이 깊지 않았고 매사를 그저 좋은 게 좋은 거라는 식으로 허허 웃으며 넘겼다. 그랬던 그가 길에서 어떤 사람을 찔렀다. 길에서 당한 사람은 20대 초반의 여성으로, 경찰은 처음에 원한에 의한 살인으로 보고 그 두 사람의 관계를 조사했다. 두 사람은 2001년에 한 직장에서 근무한 일이 있었다. 한일전자라는 곳이었다. 김우래 쪽은 관리부에, 여자 쪽은 생산직에 종사했다. 하지만 두 사람은 서로 면식이 없는 사이로 밝혀졌다. 결국 사건은 두 사람이 무관한 관계이며 우발적 살인으로 종결지어졌다. 김우래는 신경 치료를 받기 시작했고 의사는 그의 뇌에서 이상 지점을 발견해 냈다. 그는 병식이 없었던 정신 질환자로 인정받아 형량을 감면받고 벌금형으로 대체해 한 달여 만에 감옥에서 풀려났다.

세 번째 사건은, 임신 중이던 김일신의 아내가 유산한 것이다. 김일신의 모친은 며느리가 배 속에 갖고 있는 아이가 아들이 아니라는 이유로 꽤나 스트레스를 주었고, 일신 씨의 아내는 퇴원한 이후 별거를 선언하며 친정으로 돌아갔다. 김일신은 아내의 의견에 별다른 이견이 없었던 모

부케를 발견했다

양으로, 그 일을 자신의 가족에게서 일어난 세 번째 살인 사건이라고 말했다.

김일신은 이 세 가지 사건을 겪으며 끔찍한 일들이 자신의 일가에 되물림된다고 생각했다. 할아버지에게서 아버지에게로, 아버지에게서 이제 자신에게로. 김일신 씨는 자기가 다음 차례가 될 거라고 예감했다. 자신이 누군가에게 해를 입히게 될 그다음 타자일 거라고. 그게 고의든 타의든 우발적이든 계획적이든 어떤 방식을 통해서든 〈누군가를 죽이게 될지 모른다고〉 느꼈다.

그는 두려움에 떨면서 동료인 나에게 이야기를 털어놓았고 어떻게든 그다음 살인을 막아야 한다고 말했다.

김일신은 집을 떠났다. 가족을 떠났고, 그들과 일절 연락하지 않았다.

김일신이 들려준 이 이야기에서 나는 몇 가지 잘못된 부분이 있다고 생각했다. 그 점은 일신 씨가 모를 거라고 생각하지는 않는다. 내가 보기에 김일신은 일련의 사건들과 좀 떨어져 있고 싶었던 것 같았다.

물론 그의 생각은 얼토당토않았으나, 또 한편으로 얼

토당토않은 그런 생각들은 언제나 가능하고 도처에 널려 있지 않은가. 열대 지방의 습한 오두막 천장과 바닥과 사방 벽을 기어다니는 벌레들처럼, 얼토당토않은 생각들이 이 세상을 꾸물거리며 움직이고 있다. 방 벽을 0.1밀리미터씩 기어올라 가는 곤충들의 움직임처럼 꾸준히, 놀라우리 만치 성실하게.

　이 불미스러운 사건들에는 딱히 공통점이랄 것이 없었는데 아마 그래서 김일신은 더욱 불안했다. 이 사건의 원인이 집에, 그 사건들이 일어난 공간에서 연유한 것이라고 생각했다. 바로 이 집 때문에 그런 사건들이 일어났다고 말이다. 김일신은 매우 싼 값에 집을 내놓았다. 시가보다 가격을 3분의 1이나 낮추었는데도 사겠다는 사람은 나타나지 않았다. 어떤 이유에서인지 전세를 알아보는 사람조차 없다고 했다. 김일신의 집에서 흉흉한 일이 일어나고 있다는 소문이 동네에 이미 퍼져 있었고, 부동산 업자조차 그 소문에서 자유롭지 못했다. 집을 보겠다는 사람이 나타났지만 이 집에서 최근에 일어난 사건들에 대해서 듣고 난 뒤에도 이곳을 선택하는 이는 없었다.

그 사람들이 믿는 건 대체 뭘까? 난 그게 궁금했다. 어떤 장소에서 누군가 어떤 일을 당했다면, 또 다른 사람이 그 장소에서 똑같은 일을 당할 거라는 사실을 믿는 걸까? 그렇다면 세상은 얼마나 안전한 곳이란 말인가? 오히려 문제는 전혀 다른 쪽에서 발생한다. 같은 공간에서 과거에 있었던 일과 전혀 상반되는 일들이 일어난다는 점 말이다. 내가 누군가를 가장 사랑했던 장소에서 그이를 배신하게 된다거나, 억울함으로 눈물을 흘렸던 장소에서 가장 환한 미소를 짓고 있게 되는 것. 잔인하고 두려운 일들은 오히려 그쪽에 가깝다. 그리고 이번에는 그 두 가지 경우 모두 아니었다.

그는 별장을 떠나서도 여전히 별장에 붙들려 있었고 그러므로 그 스스로 만들어 낸 이 별장의 저주에서 결국 벗어나지 못했다.

내가 보기에 김일신 씨의 별장은 좀 전에 열거한 단점보다 장점이 훨씬 더 많은 곳이었다. 그중에서 나를 가장 만족시킨 것은 불과 10킬로미터 정도 떨어진 습지였다. 인적이 거의 드문 산책길을 30분 정도 걸어가면 습지가 있었던 것이다. 나는 그 습지에 다녀온 뒤에 김일신이 생물학자가 된 것은 자신의 선택이라기보다 거의 어쩔 수 없는 불가항력이었을 거라고 생각했다. 거기에는 물가에 사는 갑충들의 거의 모든 변종들이 살고 있었다. 김일신이 습지에 대해서 내게 따로 얘기하지 않은 게 의아할 정도로 온갖 실험군들로 넘쳐났다. 나는 습지 주변 갑충들의 변종들에 완전히 흥분해서 다른 것들에 전혀 신경을 쓰지 못했다. 꾸물거리는 검고 반짝이는 그 보석 같은 생명체들에 완전히 사로잡혔던 것이다. 김일신이 들려준 이야기와 그가 처한 곤혹에 대해서도 잠시 잊었다.

베르트와의 서신 교환조차 차차 심드렁해졌다. 베르트는 다음 달에 있을 국제 유전학회에서 지금까지 나와 서신으로 교류하던 내용을 공식적으로 발표하게 될 것이라고 했다. 그 이론이 검증받게 된다면 사회성 곤충 진화가 군락 구성원 사이, 군락 사이, 전체 개체군 사이에서 작용하는 선택압들에 의해 이루어진다는 앨프리드 스터티번트의 이론을 완전히 뒤집는 셈이 될 거라고도 했다. 베르트의 주장은 간단히 말하면 이타적인 유전자의 형질을 갖

고 있지 않더라도 개체의 이타적인 행동이 발현되는 순간이 발생하는데 이 발생의 조건을 적용한다면 일정 공간 안에서 개체군 전체의 형질 변화를 일으킬 수 있다는 것이었다. 그 이론은 매력적이었고 전복적이었으나 내가 계속 지적해 왔듯이 선택의 기본 개념에 대해 간과하고 있었다. 환경 요소에 대해 우월한 적응력을 가진 형질만이 선택에 의해 다음 세대로 전달된다. 그가 말하는 이타성의 발현이 어떤 순간에 전 개체군의 행동을 이끌어 낸다 할지라도 다음 세대로 전달될 리 만무했다. 그가 말하는 그 순간에 일어나는 행동이란 연구 대상의 기본 조건을 충족하지 못하고 있었다.

나는 진지하게 내 반론을 메일로 써서 전송했으나 그 다음 번에도 그는 거의 동일한 내용의 반복일 뿐인 답장을 보냈다. 나는 그가 그 이론을 발표한다면 국제학회에서 자신의 위상을 떨어뜨리는 것 외에 아무런 결과를 가져오지 않을 거라고 써서 보냈다.

이후에도 베르트와 나는 메일을 몇 번 더 교환했다. 하지만 우리 두 사람은 똑같은 이야기를 다른 판본으로 조금씩 변형할 뿐 서로의 입장을 전혀 굽히지 않았다. 처음에는 흥미롭다고 생각했던 대화가 점차 지루해졌고 나중에는 그의 학자적 자질에 대해서 의심하게 되었다. 나는 그가 어떤 이유로든지 과학도로서 갖추어야 할 기본 소양을 잃어버렸다고 생각한다. 그 생각을 하면 아주 외로워진다.

유일한 소통 대상이 사라져 버리고 난 뒤 나는 습지 관찰에 더더욱 몰두하게 되었다. 매일 낮이면, 그리고 가끔은 밤에도 습지에 나가서 거의 살다시피 했다. 눅눅하게 습기를 머금은 공기나 미적지근한 흙탕물, 가끔 나뭇잎 사이로 떨어져 내리는 독충에 쏘인 듯한 정오의 볕 같은 것들에 나는 매혹되었다. 휴가의 대부분을 습지에서 보냈다고 해도 과언이 아니었다. 마치 내가 그 습지를 만나러 이곳에 온 것은 아닌가 싶었다. 남은 평생을 그 습지 근처에서 살래도 나는 그럴 수 있을 것 같았다.

하지만 그 행복 역시 완전하지는 못했다. 나는 몇 가지 불편한 점들과 맞닥뜨려야 했는데 그중 하나는 동네 주민들과의 사소한 마찰이었디.

「어딜 가십니까?」

습지로 가는 길에 어떤 남자가 나를 막아섰다. 나는 일전에 약국에서 그와 마주친 적이 있었다. 그때도 그는 나에게 인사를 했는데 내가 왜 진통제를 구입하는지를 궁금해했다. 그는 내게 그 이유를 물었고 나는 좀 당황했다. 대답을 하지 않았고 불편한 기색을 노골적으로 드러내며 급히 약국을 나왔다. 그럴 필요까지는 없었는데, 하고 후회했다. 나도 그렇고 대부분의 연구자들이 조사를 나가면 그 지역의 주민들에게 예의 바르고 친근한 관계를 맺기 위해 노력한다. 그들은 연구자들이 모르는 거의 모든 것을 알고 있기 때문이다. 다만 그들은 자신들이 알고 있는 그것들이 얼마가 가치 있는지만을 모르고 있을 뿐이다. 하지만 나는 여기에 연구를 하러 온 것이 아니고, 특히나 그날에는 신경이 곤두서 있었으므로 아마추어 같은 실수를 저지르고 말았다.

두 번째는 같은 실수를 저지르지 않았고 나는 나 자신도 의외라고 느낄 정도로 친절히 대답할 수 있었다.

「습지에 가는 중입니다.」

「거긴 무엇 때문에 가는 거요?」

그는 역시 전혀 불필요한 질문을 했다.

「갑충 변종을 찾으러요. 혹시 이 부근에서 물혹장구벌레를 본 적이 있습니까?」

「네?」

내 대답이 예상 밖이었는지 그의 표정이 아연했다. 그렇다면 그는 내가 어디에 갈 거라고 생각했던 것일까.

「지금 저한테 뭐라고 하셨습니까?」

「혹시 물혹장구벌레를 본 적이 있느냐고 물었습니다.」

「뭐라고요?」

「아, 그게, 물혹장구벌레라고, 더듬이 뒤쪽에 둥그렇게, 대략 2~3밀리미터의 타원 모양의 혹을 달고…….」

「대체 무슨 소릴 하고 있는 겁니까?」

반짝이는 두 눈이 나를 향했다. 당장이라도 나를 칠 기세였다.

「본 적 없습니까?」

그는 대답 내신 길을 터주었는데 그가 나에 대한 호

기심 혹은 적개심을 거둔 이유가 무엇 때문인지는 몰랐다. 다만 그가 내가 한 말을 잘 못 알아들었거나 오해했다는 것만 분명했다. 어쨌거나 나는 다시 혼자가 되었고 습지로 향하는 길을 향해 확신에 차서 걷기 시작했다. 곧 습지에 도달할 수 있다는 생각으로 가슴이 부풀어 올랐다. 풍선처럼 몸이 가벼워졌고 다리를 빨리 움직이는 데만 온 신경이 모여들었다. 긴장한 머리카락들이 쭈뼛쭈뼛 서며 일제히 더듬이로 변해서 습지로 향하는 길 쪽으로 나를 안내하는 듯했다.

비가 오지 않은 탓에 습지의 면적은 어제보다 줄어 들어 있었다. 움푹 패어 바닥이 갈라진 구덩이 하나를 더 발견했다. 그다음에 발견한 구덩이에는 수분이 아직 남아 있었다. 나는 물혹장구벌레가 곧 발견될 거라는 생각에 조금씩 들뜨기 시작했다. 거기에는 물혹장구벌레가 살기 위한 모든 조건이 충족되어 있었고, 그러므로 물혹장구벌레가 살지 않는다는 사실은 성립하지 않았다. 물혹장구벌레는 분명히 있다. 내가 발견하든, 그렇지 않든 간에.

그때 누군가 습지를 향해 어슬렁거리며 걸어오고 있

었다. 키는 나랑 비슷했고 체격이 좋은 여자였다. 얼굴을 보려고 했지만 우산에 가려져 얼굴을 확인할 수 없었다. 나는 여자의 신발만 보았다. 검정색 면 운동화를 신고 있었다. 발등 부분이 초록색 도트 무늬로 염색이 되어 있는 운동화였다. 나는 루방보석바구미를 떠올렸다. 루방보석바구미의 패턴 간격과 운동화의 도트 무늬의 간격이 일치해 있었다.

비도 오지 않는데 왜 우산을 쓰고 있었을까. 이상한 생각이 들었고 다시 돌아봤을 때는 검은 타이어가 있었는데 무슨 이유에서인지 푸른색 곰팡이가 군데군데 피어 있을 뿐이었다.

이곳은 거의 완벽한 생태 운동장이었다. 표본 실험을 해도 좋을 정도였다. 물가 갑충이 살기에 적합한 조건을 모두 갖추고 있었으므로 비만 충분히 온다면 분명 다시 습지 생물들을 불러올 것이다. 나는 축축한 풀숲에 잠시 엉덩이를 깔고 주저앉았다. 엉덩이로 아직 마르지 않은 축축한 빗물이 고여 올라왔지만 그런 것쯤은 아무렇지도 않았다.

부케를 발견했다

습지 탐방 사흘째 되는 날 놀라운 소득이 있었는데 바퀴벌레나 그리마 같이 흔히 볼 수 있는 해충들 사이에서 부케이 비단벌레를 발견했다. 더듬이가 긴 것을 보면 야행성이었고 더듬이의 앞부분은 곤봉 모양으로 변형된 종이었다. 앞가슴등판은 꽤 짙은 오렌지빛이었고 소순판 부근의 푸른 빛깔은 겉날개 부근에 이르면서 점차 보라 빛깔로 짙어져 갔다. 고작 손가락 마디만한 갑충들의 등에서 나는 작은 우주를 보았다. 나는 갑충의 딱딱한 등판 위에 가만히 손가락을 대보았다. 몸체의 단단함이 피부를 향해 전해졌다.

한국과 중국의 북부 지역, 러시아 시베리아 일대와 극동지방, 몽골의 삼림지역에서 주로 서식하고 있는 부케이 종이었다. 이들은 주로 흑삼릉류와 함께 산다. 삿갓사초나 뚝사초 잎이 주된 식량이 된다. 흑삼릉류가 도태되어 점차 습지에서 사라지면서 부케이종도 함께 사라지는 추세였다. 멸종 위기종으로 보호받고 있지만 다시 이 종이 번식하게 될 가능성은 희박했다. 완전히 사라지는 것, 다시 오지 않는 것, 사라지는 별들의 꼬리를, 노을의 마지막

열기를 보는 것과 같이 숨죽이도록 아름다운 순간을 맞이하고 있었다.

나는 천천히 숨을 들이마셨다. 전체적으로 몸에서 푸른빛을 내뿜고 있었고 한가운데 얼룩무늬가 분명했다. 그것은 우주에서 날아온 광석처럼 보였다. 분명 그 녀석들의 고향은 우주다. 그리고 다시 우주로 돌아가려고 하는 것이다. 나는 그걸 종이에 싸서 보관함에 넣어 두고 너무 감격한 나머지 돌아오는 길을 여러 번 헤맸다.

별장에 도착하자마자 나는 김일신 씨에게 전화를 걸었다. 그에게도 일정 부분의 공로가 있다고 생각했기 때문이었다. 그에게 촬영 기사를 보내 달라고 요청할 생각이었다. 최근에 연구실에서는 심도 합성을 통해서 갑충의 모습을 평면에서도 완전히 입체적으로 관찰이 가능하게 하는 촬영법을 도입하고 있었다. 심도 촬영을 요청할 생각이었다. 융단잎벌레의 심도 촬영 이미지가 눈앞에 아른거렸다. 온몸이 흰털로 뒤덮인 꼽추잎벌레아과 곤충은 심도 촬영을 통해서 거의 실물과 같이 재생될 수 있었다. 그것은 하나의 계절이었다. 그리고 나는 오늘 내가 발견한 이 작은

부케를 발견했다

곤충이 우리 안에서 잊힌 아주 먼 곳의 어느 행성을 일깨워 줄 거라는 것을 예감했다. 심장이 뛰는 소리가 들렸고 가볍게 손끝이 떨려 왔다. 내가 발견한 비단벌레의 사진을 당장 연구실로 보내고 싶었다.

「내가 뭘 찾아냈는지 알아?」

나는 그에게 크게 한잔 살 생각이었다. 김일신 씨는 대답하지 않았다. 나는 마음이 급해졌다.

「부케를 발견했어요!」

나는 외쳤다.

김일신은

「당신 지금 어디예요?」

라고 물었다. 목소리는 떨리고 있었고 내 얘기에 불쾌해하는 것처럼 느껴졌다.

「아직도 그 집에 있습니까?」

나는 그가 내게 왜 화를 내는지 알 수 없었다.

「내가 부케를 발견했다니까요?」

나는 그가 당연히 기뻐할 줄 알고 있었고 머릿속에는 그 문장 말고 다른 아무것도 없었다.

「당장 그 입 다물지 못하겠습니까?」

　나는 전에 김일신 씨가 그런 식으로 말하는 것을 한 번도 들어 본 적이 없기 때문에, 그가 나를 다른 사람으로 착각한 게 아닌지 의문스러웠다. 그뿐만 아니라 그는 협박하는 말이라도 들은 것처럼 으르렁댔으며 나는 녹음된 단 한 문장만을 반복하는 기계인형처럼 똑같은 한 문장을, 〈부케를 발견했다〉는 그 말만 계속해서 반복했다. 그는 험상궂은 말투로 만일 다른 사람에게 그 이야기가 들어갔다가는 성치 못할 줄 알라는 식의 협박을 한 뒤 전화를 끊어 버렸다. 나는 그가 수화기를 통해 내뱉은 원한과 적대와 증오의 기운 때문에 거의 얼떨떨해져 있었다.

　습지에서 사건이 일어난 것은 그날 밤이라고 했다. 한 여자가 살해된 채 물속에 잠겨 있었다. 그 여자는 160이 좀 넘는 키에 50킬로가 좀 넘는 평범한 체구로, 나이는 열다섯에서 열일곱 정도로 추정된다고 했다. 가무잡잡한 피부에 파마하지 않은 검은 머리카락을 고무줄로 묶고 있었다. 마치 침대 위에 잠을 자듯이 누운 채로 사체가 떠올랐을 때 인근 초등학교에서 체험을 나온 아이들과 선생님에 의해서 발견되었다.

여학생이 왜 그런 꼴을 당했는지를 두고 말들이 많았다. 애초에 하고 다니는 꼴이 나쁜 일을 당할 수밖에 없었다고 사람들은 입을 모았다.

나는 출두 명령을 받고 아침 일찍 일어나자마자 경찰서에 갔다. 은나무 숲 습지에 여자가 죽어서 시체를 수습하는 과정에 있는데 내게 조사를 할 것이 있다고 했다. 내가 부케이 비단벌레를 발견한 그날에 살해된 여학생의 시신이 발견되었다는 우연 때문에 내가 용의자 리스트에 오른 모양이었다. 그런 주먹구구식 추리가 가능하다는 사실에 나는 거의 아연실색할 지경이었지만, 출두를 거부할 수 없었다. 전화 통화로도 가능할 것 같은 간단한 몇 가지 질문에 대답한 뒤 경찰은 집으로 가도 좋다고 했다. 침착을 잃지 말자고 다짐한 것이 허무할 정도로 조사는 간단하게 끝이 났다.

다음 날 낮에 경찰에서 전화가 왔고 경찰서로 다시 와줄 수 있겠느냐고 해서 그렇게 했다.

경찰은 나를 조사실로 데려갔다. 그가 제일 처음에 한 말은 여자를 어디에서 보았느냐는 것이었다. 그 여자는 내가 그날 물혹장구벌레를 찾으러 습지에 갔을 때 만난 여자를 뜻했다. 나는 신고 서류에 작성한 대로 은나무 숲이라고 말했다. 그 지점을 정확히 표기해 주었으면 좋겠다면서 조사관은 내게 마을 지도를 내밀었다.

나는 이 마을 주민이 아니라서 지도에 그려진 마을의 위치에 대해서는 알 수가 없다. 은나무 숲에 들락거린 지도 고작 일주일 정도 지났을 뿐이라고 말하자 경관은 당신이 이곳에서 나고 자란 것이 아니라고요? 하고 반문했다.

「저야 별장에 놀러온 손님일 뿐이니까요.」

조사관은 고개를 갸웃거렸다.

「이 마을에서 나고 자란 것이 아니고, 묵고 있는 집이 본인 소유가 아니고, 그저 휴가를 보내기 위해서 이곳에 머물고 있다?」

「네, 저는 김일신 씨 소유의 집에 머물고 있습니다. 나는 김일신이 아니고 강경인이라는 사람입니다. 곤충을 연구하고 있어요. 김일신 씨와는 식장의 동료인데, 그가 자

부케를 발견했다

기 집에 머물러도 좋겠다고 해서 잠시 휴식을 취하고 있습니다만. 네, 그렇습니다. 나는 김일신이 아니라 강경인입니다. 나는 이 집과 아무런 상관이 없어요. 이 동네에 대해서 아는 것도 없습니다. 그 서류의 성명란에 분명히 제 이름을 적어 넣었는데요.」

경찰은 내게 어제 작성한 서류를 내밀었는데 성명란에는 분명히 내 글씨체로 김일신이라고 써 있었고, 나는 그들의 오해를 풀기 위해 거듭 사과를 해야 했다. 사실 나는 조사받는 일에 집중할 수 없었다. 내 정신은 별장의 2층 방, 테이블 위 일단 내가 가건물처럼 만들어 놓은 수집망 안에 들어 있는 부케이 비단벌레에 온통 사로잡혀 있었기 때문이었다. 서류를 작성하는 동안에도 내 머릿속에는 갑충의 빛나는 무지갯빛 등, 습도에 따라 변하는 그러데이션의 농도 같은 것이 어른거렸고 그래서 내 휴대폰 번호조차도 몇 번을 고쳐 써야 했다.

나는 부케이 비단벌레 때문에 서류를 작성하는 과정에 집중하기 어려웠고 그래서 이런 실수를 저질렀다고 설명했다. 그 이상 경찰에게 더 털어놓을 말은 없었다. 내가 알게 된 사실은 내가 습지에 가는 길에 목격했다던 여자가 신고 있던 신발이 사체가 신고 있던 신발과 동일한 종류였다는 것이었다. 하지만 세상에 똑같은 신발을 신고 있는 사람들은 넘쳐난다. 같은 모양의 운동화를 신고 있다는 것이 두 사람의 동일성을 보장해 줄지도 모른다고 생각할 수 있다는 사실이 놀라웠다. 어쨌거나 내 진술이 나에게 불리하게 작용한 것만은 틀림없었다.

그는 내게 용의자들이 거짓 증언을 진술할 때 보이는 스무 가지 증상 중 열둘 이상의 증상을 보이고 있으며 아마 다시 출두할 것을 요청하게 될 거라고 말했다. 내 흥분 상태가 거짓 증언 때문이 아니라 비단벌레 때문이라는 것을 증명할 방법은 없었다. 나는 천천히 고개를 끄덕였다.

그날 밤에 나는 다시 습지에 들렀다. 은나무 숲의 습지들은 마치 텐트촌처럼 여러 군데 자리 잡고 있었다. 학생의 시체가 발견된 것은 가운데 있는 가장 큰 습지라고 했다. 시체는 이미 수습되었으니 내가 거길 가보았댔자 알수 있는 사실이란 아무것도 없을 것이다. 하지만 나는 습지 안을 들여다보았다. 이상 기후로 갑자기 날씨가 추워져

부케를 발견했다

서 습지는 가장자리부터 얼기 시작했다. 나는 그 얼음 밑에 가라앉아 있는 시체를 상상해 보았다. 나는 주변에서 묵직한 돌들을 골라 왔고 얼어붙은 습지 위에 던졌다.

얼음이 깨지고 돌들은 바닥으로 가라앉았다.

나는 얼음이 깨진 습지 안을 다시 들여다보았다. 거기에는 아무것도 없었다.

경찰이 다시 나를 찾아온 것은 다시 이틀 정도 이후의 일로, 나는 연구실에 연락해 희귀 갑충을 발견했다고 전하고 심도 촬영 신청을 한 뒤 절차를 기다리고 있었다. 마음이 조급해져서 휴가 기간이 3일이나 더 남아 있었는데도 당장에 서울로 내려가고 싶은 지경이었다.

그 와중에 경찰이 내게 찾아와서 하는 이야기라는 게 고작 내가 그 습지에 간 일이 있었다는 사실을 다시 확인코자 한다는 것이었다.

나는 당연히 그곳에 간 적이 있다고 답했다. 그리고 내가 습지에 나간 날짜와 시간을 적어 주었다.

그곳에 그토록 자주 들락거린 이유가 뭐였냐고 경찰이 물었고 나는 그곳이 물가딱정벌레의 생태에 적합한 조건이라는 것을 알게 된 이후에는 매일 갔다, 하루에도 두 서너 번도 더 간 적이 있다고 말했다. 그게 왜 문제가 된다는 말인가. 나는 단지 내가 할 일을 했을 뿐인데 말이다. 수사관은 시체가 살해된 시간이 추정되었는데 그 시간에 습지에 간 사람은 나밖에 없었다며 유감을 표시했다. 나 역시 그에게 유감을 표시하고 싶었지만 그럴 분위기는 아니었다.

나는 이토록 역사적인 순간에 그런 불미스러운 일에 얽혀 들었다는 것이 안타까웠다. 내가 시체를 죽이지 않았다는 것을 어떻게 증명할 수 있을지에 대해서 더 생각해 보는 편이 물론 더 나을 터였다.

「난 그 시체를 본 일 조차 없습니다. 경관님, 내가 본 건 그 여학생이 신고 있던 것과 동일한 디자인의 운동화를 신고 있는 다른 여자의 운동화일 뿐이었습니다. 그 사실을 기억해 주셨으면 합니다.」

경관은 고개를 끄덕였다.

아마 곧 영장이 발부될 것이고 내가 조사에 응해야 할 것이라고 그는 말했다. 말투는 공손했지만 얼굴에는 짜증

　　　　　　　　　　　부케를 발견했다

이 가득해 있었다. 할 일이 많은데 정신 나간 연구원까지 상대해야겠느냐는 표정이었다.

경관을 돌려보낸 뒤에 나는 이 일을 어떻게 하면 가장 효율적으로 해결할 수 있는지를 고민했다. 만약에 내가 부케이 비단벌레를 발견하지 않았더라면, 아마 그들의 조사에 순순히 응했을 테고 다소 아쉽긴 하지만 내 휴가의 일부를 내어 줄 수 있었을 것이다. 하지만 지금은 부케이 비단벌레를 발견해서 채집한 상태이고, 단 1분조차도 허투루 쓰고 싶지 않았다. 그게 내 진심이었다.

나는 보지 못했다.

오로지 그들에게 할 수 있는 한마디는 그것뿐이었다. 본 것은 말하지 않을 수 있겠지만 보지 않은 것을 대체 어떤 수로 말할 수 있단 말인가. 보지 않은 것을 말하지 못하는 내 심경을 대체 누가 이해할 수 있을까.

경찰을 돌려보낸 뒤 뜨거운 물로 목욕을 마치고 나왔을 때 나는 인터넷 포털 뉴스를 통해 김일신에게 일어난 새로운 소식을 듣게 되었다.

사흘 전 저녁 김일신(40) 씨는 회의 도중 흥분 상태에서 동료 연구원 K(38)에게 덤벼들었다.

연구원에서 만 38세인 이는 한 사람이었으므로 누군지 유추하는 것이 어렵지는 않았다. 그녀는 나도 잘 아는 사람이었다. 물거미 연구로 박사 학위를 받고, 희귀종을 발견하고, 최근에는 거미를 이용한 무농약 농사를 연구하고 있었다. 연구실에 온 지는 1년이 조금 안 되었지만 다들 그녀의 실력을 신뢰하고 있었고 사회성도 꽤 좋은 편이어서 팀원들과 두루 잘 지내고 있었다.

특히 김일신은 그녀에게 관심이 많아 보였다. 그녀의 성과에 대해 매우 칭찬했고, 지원을 아끼지 않았으며, 동료로서 늘 최선을 다했다. 그는 인정희가 다른 여자 연구원들과는 다르다고 자주 말했다. 여자들과 같은 팀에 배정되면 그 부담을 남자들이 짊어질 수밖에 없고 그건 환영할 만한 일이 아니라고 공공연하게 말하고 다니던 그가 인정희와 한 팀이 되었을 때 기뻐하던 모습이 떠올랐다. 그가 인정희에게 덤벼들었다는 것은 아무래도 상상조차 할 수 없었다.

　나는 다시 뉴스를 읽었다. 내가 알고 있는 김일신이라는 사람과 덤벼들었다는 단어를 연결시키기까지는 한참 시간이 걸렸다. 내가 그에게 전화를 건 게 언제였더라. 전화를 받고 난 뒤에 이 일이 일어났는지, 아니면 일이 일어난 뒤에 내가 그에게 전화를 걸었는지 알고 싶었다. 그러나 곧 내가 단지 그 시간에 습지에 있었다는 이유로 용의자로 지목당한 일이 떠올라 불쾌해졌다. 전후 관계를 따지는 것은 그런 주먹구구식 수사와 다를 바 없다는 생각이 들었던 것이다.

　그가 결국에는 어떤 일이든 벌이게 될 거라는 예상은 반만 맞았다.

　김일신이 두려워하던, 그리고 이 별장에서 일어날지도 모른다고 두려워했던 그 일, 네 번째 사건이 일어난 셈이었다. 그는 그 일을 피하려고 내가 보기에는 거의 모든 노력을 기울였으나 그 일은 장소에 국한되어 있지 않았다. 그 일은 김일신을 따라다녔다.

　나는 이상하게 마음이 놓였다. 마치 두려움 속에서 공

포 영화를 보다가 사건이 일어난 뒤에 오히려 마음이 편안해지는 것과 마찬가지로 온몸이 이완되면서 졸음이 쏟아졌다. 일어날 일이 일어나고야 만 것이다. 김일신 또한 나처럼 차라리 안도하고 있을지도 모른다고 생각했다.

그에게 전화를 걸까 하다가 그만두었다. 따뜻한 물에 홍차를 우려내고 꿀을 부었다. 부드럽고 끈적한 꿀이 갈색 용액에 번지는 모습은 아름답기 그지없었다. 찻잔 속의 작은 우주는 매우 사랑스러웠다. 홍차를 마시며 김일신이 스스로를 공포로 몰아가고 마침내 폭행을 저지른 일에 대해 다시 떠올려 보았다. 그가 이 별장에서 느꼈던 압박감은 오로지 그 자신에 의한 것이었다. 물론 그에게는 이 별장의 모든 구석구석이 의미하는 바가 있었을 테고 또 막강한 힘을 행사하고 있다고도 느꼈겠지만 그를 두려움으로 내몬 흉흉한 것들은 실은 낡고 기운이 쇠한 것들에 불과했다.

인간의 마음이란 왜 그토록 심약할까. 인간들의 눈에는 왜 인간밖에 보이지 않고, 더 자주 자신과 같은 종의 인간밖에 보이지 않고, 또 더러 자기 가족 외에는 사람으로

보이지 않고, 가끔은 자기 자신의 얼굴조차 제대로 보이지 않을까.

인간 말고도 수많은 생물들이 지구에서 번영하고 있다. 이 세상에서 가장 번영하고 있는 생물은 인간이 아니라 딱정벌레다. 100만 종의 곤충 중에서 37만 종을 차지하고 있는 딱정벌레다. 딱지 날개 아래쪽에 있는 공간을 활용함으로써 딱정벌레는 사막에서 생활할 수도 있고, 물속에서도 살 수 있다. 수분 증발을 억제하거나 공기를 비축하는 방법을 터득한 것이다. 딱정벌레는 세상의 모든 환경에서 살아남았다. 딱정벌레들의 끈기와 능력에 나는 자주 경탄한다. 그들은 심지어 사체를 먹고 배설물을 먹으면서도 살아남았다. 그런 것들을 먹고도 보석보다 아름다운 광택을 내면서 빛난다. 보석보다 찬란하고 화려하게 빛난다. 그에 비하면 인간은 얼마나 나약한 존재인지. 맛있는 음식을 탐하고 환경이 조금만 바뀌면 부적응에 시달린다. 이렇게나 안전한 공간에서도 자기 자신을 지키지 못하고 파멸하고 만다.

김일신이 걱정될 때마다, 그에게 전화를 걸고 싶어질

부케를 발견했다

때마다 나는 보석바구미의 그 빛나는 광택과 붓으로 그려 넣은 듯한 삼각 무늬를 떠올렸다. 그러면 어쩐지 인간 세상의 일들은 서서히 멀어져 가고 딱딱한 곤충의 갑옷과 형형색색으로 빛나는 표면 그리고 날개, 이 세계가 온통 그들로 가득하다는 실감이 온몸을 잠식했다. 주변에서 일어나는 모든 일들을 잊은 채 별장의 곳곳을 돌아다니며 사체들을 주워 모았다.

침대에 누워 잠을 청하려고 했을 때 전화가 걸려 왔다. 경찰이었다. 경관은 내가 내일 오전 아홉 시까지 경찰서로 와서 몇 가지 질문에 대해 명쾌하게 대답을 좀 해주었으면 좋겠다고 말했다. 그는 명쾌하다는 형용사를 사용했는데 나는 그 단어가 어쩐지 마음에 걸렸다. 말꼬리를 잡을 상황은 아니었으므로 나는 일단 그러마하고 전화를 끊었다. 그는 요청이라는 단어를 사용했지만 그건 강제였다. 기분이 나빴지만 거절할 수 있는 권리가 내게 없다는 것을 알고 있었다. 하루 정도 서울행이 늦어진다고 해서 큰일이 나는 것은 아닐 테니까 경찰서에 들렀다가 서울로 가도 되었고, 하여튼 그게 그렇게 나쁜 상황만은 아닐 것이다.

다음 날 아침 나는 경관이 요구한 시간보다 10분 정도 일찍 경찰서에 도착했다.

조사실로 안내를 받았고 따뜻한 커피를 대접받았다. 난 커피를 마시지 않는데요, 라고 말하자 경관이 웃었다.

「긴장하실 것 없어요. 형식적인 겁니다.」

그가 무엇에 대해 그렇게 말한 것인지 바로 이해가 가지 않았다. 커피에 대해서 말한 것일까. 아니면 나를 이른 시간에 이곳으로 부른 것, 아니면 피곤한 안색에 걸려 있는 저 평평하기 그지없는 미소에 대한 설명일까.

경관은 내게 정말 간단한 질문들을 던졌다. 그 질문은 이전에, 겨우 2~3일 전에 여기서, 그가 내게 던졌던 질문과 완전히 동일했다.

「2018년 6월 3일 사건 당일에 어디에 있었습니까?」

「은나무 숲에 있었습니다.」

「거기서 무엇을 했습니까?」

「갑충에 대해서 조사하고 있었습니다. 거기에 습지가 있었고 그 습지는 갑충들의 보고였으니까요.」

「습지에서 무엇을 발견했습니까?」

부케를 발견했다

「말했다시피, 이건 내가 전에 다섯 번도 더 말했던 것 같은데 거기에는 온갖 갑충들이 있었습니다. 내가 거기에 못갈 이유는 없었죠. 아니, 가지 않고는 배기지 못했습니다. 난 갑충을 연구하는 사람이고 거기에 갑충이 있었으니까요. 그뿐입니다.」

「당신은 그곳에서 살해된 여고생을 보지 못했습니까?」

「아니요.」

「당일에 근처에서 성폭행당한 시체가 습지에 매장되었습니다. 정말 보지 못했나요?」

「네, 그렇습니다. 난 보지 못했습니다.」

나는 경관을 노려봤다. 그는 안색이 안 좋았고 입가에는 여전히 요지부동으로 평평한 미소가 걸려 있었다. 나는 어쩐지 초조한 기분이 들어 별 도움이 되지 않을 것을 알면서도 종이컵에 담긴 믹스 커피를 마셨다. 어서 집으로 돌아가 꿀에 탄 홍차를 마시고 싶다고 상상하면서. 그러나 입안에 들어온 건 설탕을 탄 믹스 커피였고 곧 속이 쓰려올 것이다.

심장이 뛰기 시작했다.

경관은 내게 이제 돌아가도 좋다고 말했다. 나를 다시 부르는 일이 없게 되기를 자기 또한 바라고 있다고도 덧붙였다. 그리고 이 모든 일들, 은나무 숲에서 일어난 여학생의 사망 사건, 내가 용의자로 지목된 것, 증언을 하기 위해 나를 부르고 똑같은 질문과 대답을 하고 아무 성과도 변화도 없이 돌려보내는 과정 전부가 별 대수로울 것 없다는 한가한 얼굴로 나를 배웅했다. 내가 자기네 집에 놀러왔다가 담소를 나누고 헤어지는 옛 친구라도 되는 양 다정하게 굴었다. 마을에 온 게 처음이라면 시내 장에 들러서 우더리탕을 먹어 보고 가라고도 권했다. 이 마을에서만 팔고 있는 특산품이라고 했다.

붉은 벽돌집에서는 아무 일도 없었다. 하지만 휴가가 끝나고 회사에 복귀했을 때, 김일신 씨는 내가 냄새나는 쓰레기라는 듯 나와 마주치기를 꺼렸다. 그는 동료들에게 내 험담을 했다. 내가 도저히 상종할 수 없는 속물이고 변태라며, 입에 담고 싶지 않은 욕설까지 했다는 것이었다.

부케를 발견했다

그 말이 뭐냐고 물으면 상대는 얼굴을 붉혔다. 자기 입을 더럽히는 것 같아서 굳이 말하고 싶지 않고, 그리고 그들도 내가 그런 사람이 아니라는 것을 알고 있는데 내가 그 더러운 말들을 들어서 좋을 게 없다는 것이었다.

김일신 씨가 거짓말을 하고 있다는 걸 우리도 알고 있습니다. 동료들은 그렇게 말했다. 연거푸 그런 일이 일어난 후에 피해망상에 시달리고 있었으니까요. 그도 힘들 겁니다. 동료들은 그렇게 덧붙였다. 그 말은 나태하고 잔인한 말이었다. 그 말에는 아무 뜻도 담겨 있지 않아서 무게가 없었고 그래서 발음되는 것과 동시에 공기 중으로 증발해 버렸다.

김일신 씨는 휴직계를 내고 연구실을 떠났다. 사람들은 그가 더 이상 나에 대한 이상한 말들을 퍼뜨리지 않으니 속이 시원하지 않느냐고 물었다. 하지만 나는 김일신 씨가 나에 대한 적의를 그녀에게 뒤집어 씌웠다고 생각했기 때문에 죄책감을 느꼈다.

그가 휴직을 한 뒤에 나의 연구 실적은 완전히 바닥을 쳤다. 내가 본 것들, 눈으로 관찰해서 정확히 수치화되는 것들에 대해서 회의하기 시작했으며 실험 중인 표본들을 전혀 신뢰하지 못하겠다는 생각을 자주 했다. 그런 내 마음은 당연히 실험에 영향을 미쳤다. 나는 연구원으로서 갖추어야 할 최소한의 믿음을 완전히 잃어버리고 말았다.

이유를 알고 있었다. 내가 그날 붉은 벽돌집에서 김일신 씨에게 전화를 걸었을 때 나 자신이 그에게 무슨 말을 한 건지에 대해서, 자신감을 잃어버렸기 때문이었다. 내가 〈부케를 발견했다〉는 문장이 아닌 다른 말, 그를 화나게 하고, 결국에는 자제심을 완전히 잃어버리게 만든 얘기를 했을지도 모른다. 〈부케를 발견했다〉는 말이 아니라 다른 뭔가를 말했을 수도 있다. 그 생각이 나를 못 견디게 만들었다.

붉은 벽돌집에서 고이 종이에 싸가지고 나온 비단벌레가 든 보관함을 열었을 때, 거기에는 비틀어진 문에서 떨어져 나온 것으로 보이는 나무토막이 들어 있었다. 형태도, 색깔도, 무늬조차, 부케이 비단벌레와는 아무 비슷한 점이 없는 썩은 나무토막이었다.

**" 그것은 당신이 찾던 것이 아니다.
다시 찾아야 한다 "**

최정화

「부케를 발견했다」는 어디서, 어떻게 시작되었나?

문학 잡지 『릿터』에서 페미니즘을 주제로 플래시 픽션을 진행했을 때 참여했다. 육아, 몸, 일, 주거, 혐오라는 세부 주제가 작가들에게 주어졌다. 여성 혐오라는 명확한 주제가 먼저 잡혀 있었으므로 주제를 어떻게 담아내느냐가 관건이었다. 애초에는 페미니즘, 혐오라는 주제가 함께 제시되었고 원고지 20매 분량이었는데 이야기를 더 발전시켜 보고 싶어서 분량을 늘려 개작했다. 폐가의 살인 사건은 모두 여성 혐오 범죄이다. 그러나 아무도 그 일이 왜 일어났는지 이유도, 공통점도 찾지 못한다. 그 일은 괴기담이 되어 버린다. 초고를 쓰던 당시는 강남역 살인 사건이 일어나 여성 혐오 문제가 한창 부각되었을 때인데 그 사건이 여성 혐오 범죄라는 점조차 설득되지 않는 현실이 안타까웠다. 그 지점을 이야기의 출발로 삼아 관련한 여러 가지 단상들을 담았다. 읽을 때는 괴담을 충분히 즐기시고, 다 읽고 난 뒤에는 각 장면들에 숨겨 놓은 여성 혐오와 관련한 에피소드들을 찾아 주었으면 좋겠다.

작가 본인이 생각하는 이 이야기의 중심은 어디인가?

전체 이야기를 붙들고 있는 구심점 같은 거라면 화자가 집중하고 있던 부케이 비단벌레가 부케이 비단벌레가 아니었다는 발견, 〈형태도, 색깔도, 무늬조차, 부케이 비단벌레와는 아무 비슷한 점이 없는 썩은 나무토막이었다〉라는 마지막 문장일 것이다. 그것은 당신이 찾던 그것이 아니다. 당신은 다시 찾아야 한다. 이제까지 이야기를 끌고 왔던 〈부케이 비단벌레〉를 삭제하고, 그게 부케이 비단벌레가 아니라 썩은 나무토막이라는 것을 알게 된 상태에서 다시 이야기를 읽어 달라.

어떤 장면이 가장 마음에 남는가?

여학생의 시체가 발견된 습지가 얼어붙고 그 얼음을 향해 돌을 던지는 장면. 이 장면에 대해서 뭔가 더 쓸 수 있을 것 같다.

이야기가 점점 틈이 생기고, 어긋난다. 결국엔 화자를 불신하게 되면서 독자는 혼란을 느끼게 된다. 평소 인간의 어떤 점에 이끌리며, 이러한 균열과 불신의 이야기가 그것과 어떻게 연결이 되는가?

다른 사람들은 자연스럽게 넘기는 지점들에 멈춰 서곤 한다. 내가 보기에는 일상에는 너무 자주 어떤 일이 일어난다. 나를 멈춰 서게 한 것들을 이야기에 담는다.

최근의 화두는?

타인을 판단하는 것이 가능한가.

이빈소연의 일러스트를 보고 본인이 생각했던 이미지와 어떻게 같고 어떻게 달랐나?

꽤나 컬러풀한 세계를 상상했는데 색조가 무겁고 차분하게 나왔다. 내 인물들은 궁핍한 사람들인데 일러스트 속 인물의 풍성한 양감이 균형을 잡아 주는 듯하다. 무게감이 상실되어 있는 점도 흥미로웠다. 종종 땅에 발붙이지 못하고 바닥에 겨우 발바닥을 대고 있는 듯한 느낌이 드는데 이 그림 속 인물들이 그렇게 보인다.

그림 작품이 계기가 되거나 영감이 된 적이 있나?

그림을 아주 좋아해서 자주 미술관을 찾고 화집을 본다. 최근에 니키 드 생팔Niki de Saint Phalle 전시회에 다녀와서 화가의 일생과 시기에 따라 작품이 변화하고 성장하는 모습을 인상 깊게 보았다. 그녀가 다룬 재료들이 그녀를 아프게 하지 않았을까, 하는 생각이 들었는데 그건 나 자신에게도 적용되는 질문이다.

꼭 일해 보고 싶은 일러스트레이터나 화가가 있다면?

장자크 상페Jean-Jacques Sempé, 바스티앙 비베스Bastien Vivès, 마누엘레 피오르Manuele Fior, 브레흐트 에번스Brecht Evens 같은 동시대 작가들을 좋아한다. 마누엘레 피오르는 나와 꽤 비슷한 사람이 아닐까 예감하고 있다. 서로의 작업에서 공감대를 발견할 수 있을 것 같다. 관심사와 표현 방식이 비슷하다.

이야기를 짓는 것이 어떤 즐거움을 주는가?

소설 쓰기의 장점은 무궁무진하다. 소설가는 감독도 화가도 연주자도 이야기꾼도 연설가도 정치인도 그 무엇도 될 수 있다. 생활 속에서는 정제하고 가다듬어야 하는 욕망이나 감각들을 발휘해 쏟아 내는 쾌감이 있는가 하면 또 상황을 직면하고 바로잡고 정제하는 이성적인 측면도 있다. 구상과 집필, 수정, 완성의 단계에 따라서 즐거움의 종류는 각기 다르다. 각 단계들을 충분히 즐길 수 있다면 소설 쓰기는 그리 어려운 작업이 아닐 것이다. 다만 혼자 있는 시간을 잘 견딜 수 있다면.

소설을 쓸 때 중요하게 생각하는 본인만의 원칙이 있다면?
흥미나 긴장감을 유지하는 것. 또 읽을 때는 이야기 자체에 빠져들고, 책을 덮은 뒤에 그게 무슨 얘기였는지 깨닫게 되는 방식을 좋아한다. 이야기에 충분히 몰입하게 하는 것. 물론 그런 것들은 주제를 잘 전달하기 위한 효과에 불과하다. 신비감을 주기 위해 무대 위에 뿌린 드라이아이스 같은 거라고 할까. 그래도 그 드라이아이스 덕에 결국 내가 전달하고자 하는 주제를 자연스럽게 풀어낼 수 있다.

작가 인터뷰

소설에 확신이 들지 않을 땐 어떻게 하는가?

다시 쓴다. 수정할 수 있는데 고민할 게 뭔가.

색다른 것을 해야 한다는 강박 관념은 없나?

(왜 이 질문이 내게 왔지?) 오히려 소설이 윤리적이어야 한다는 강박을 가지고 있다.

최정화에게 〈소설〉은 무엇인가?

일상에서 좌절된 소통의 시도. 그런데 여전히 내가 무엇을 썼는지 이해받지 못할 때가 종종 있어서 좀 더 조율이 필요하다는 생각을 하고 있다. 무리해서 그렇게 하면 일상에서 내가 입을 닫아 버린 것처럼 정작 나 스스로는 만족하지 못할 것 같다. 적어도 소설은, 그냥 이대로도 좋지 않을까. 어딘가 나 같은 방식으로 소통하는 독자가 있을지도 모르니까.

〈소설〉은 현시대에 어떤 힘을 지니고 있다고 생각하는가?

세상과 등지고 싶을 때 소설은 마지막 끈처럼 세상과 나를 연결시켜 주었다. 소설은 소통에 있어 최후의 보루가 될 수 있다고 생각한다. 아무와도 대화할 수 없었을 때 소설을 통해 그 누군가와 대화했다. 매체들은 다양하고 교류는 활발해졌지만 그 과잉된 연결들로 충족감을 느끼지 못하고 정작 어디에도 연결되어 있지 않다는 외로움과 고립감을 느끼는 현대들에게 소설을 권하고 싶다.

좋아하는 단편 소설을 꼽는다면?

퍼트리샤 하이스미스Patricia Highsmith와 존 치버John Cheever에 깊이 빠졌었고, 「베를린이여 안녕Goodbye to Berlin」을 쓴 크리스토퍼 이셔우드Christopher Isherwood가 소설가들 중에서는 나와 가장 비슷한 사람이라고 느낀다. 제발트Winfried Georg Sebald에 완전히 반해서 주변에 여러 번 추천했는데 냉담한 반응이 돌아와서 이후로는 내가 좋아하는 소설을 주변에 추천하지 않는다. 요즘은 필립 케이 딕Philip Kindred Dick이나 제임스 발라드James Graham Ballard가 쓴 SF를 흥미롭게 읽고 있다.

어떤 이야기를 쓰고 싶나?

나와 당신의 삶에 변화를 일으키는 이야기.

이 책을 〈테이크아웃〉한다면 어떤 공간과 시간으로 가져가
고 싶은지?

개안 혹은 미혹이 걷힐 때. 당신이 지탱해 온 믿음이 허상이라는
것을 발견하는 순간에 이 책이 친구처럼 대화해 주기를 바란다.

" 보이면서 보이지 않는
이야기의 서늘함 "

이빈소연

「부케를 발견했다」를 읽고 가장 먼저 떠오른 이미지는?

강렬하면서도 계속 곱씹어 보게 되는 작품이었다. 처음 떠올린 이미지는 폐허인데도 어딘가 생활의 흔적이 느껴지고, 습기가 맴도는 축축한 집 안이었다.

이야기의 어떤 부분에 가장 마음이 끌렸나? 그리고 그것을 어떻게 그림으로 표현했나?

형체가 없는 것에 두려움을 느끼고 삶이 서서히 잠식되는 3대를 묘사한 부분에 몰입했다. 명확한 원인이나 정체는 알 수 없지만 이 집, 이 가족의 서늘하면서도 불안한 분위기를 자아내고자 했고, 보이면서도 보이지 않는 지점의 무언가가 있다고 생각되어 흑백과 녹슨 듯한 금빛을 사용하였다.

인물을 그릴 때나 배경을 그릴 때 어떤 점을 중요히 여기는가?
작가의 글 삽화에 인물을 그린다는 건 늘 조심스러워 고민하게 된다. 〈이렇게 생긴 사람이다〉라는 나의 생각을 전달하지 않으려 정확한 생김새를 그리지 않지만 그러자면 배경 위주의 장면만을 연출하거나 인물의 뒷모습, 반측면을 보여 주게 될 때가 많아 구도나 자세가 한정적이게 된다. 그래서 아직 방법을 찾는 중이기도 하다. 배경을 그릴 때에는 포커스가 맞추어져야 하는 부분에 맞춰 강약 조절을 하곤 한다. 배경이 전체적 분위기를 형성하는 데 큰 역할을 차지하면 공들여 그리는 편이지만 그저 배경으로만 쓰일 때에는 조금 힘을 빼거나 재미 요소를 위해 오브제를 더하는 식이다.

그림을 그리면서 감정을 전달하려고 노력하나?
독자를 위해 여러 해석의 여지를 남겨 놓고 싶어 최대한 글에 충실한 전달자 역할을 하고 싶지만, 글의 삽화 작업이 나의 해석을 그리는 것이기 때문에 자연스럽게 나만의 감정이 담기게 되는 것 같다. 하지만 가장 우선적으로 생각하는 것은 글의 감정이다.

그림에 확신이 들지 않을 땐 어떻게 하는가?
신뢰하는 주위 사람들에게 의견을 구하는 동시에 왜 확신이 들지 않는지 이유를 찾아내려 글과 그림을 계속해서 읽고 본다.

스타일에 대해서 더욱 고민하는 편인가?
스타일보다는 삽화를 통해 느낌을 전달하고 장면을 만드는 것 자체에 고민을 하는 편이었는데 최근 해외 아트북 페어를 다녀와서 완벽히 반대편의 스타일의 그림을 그려 보고 싶다는 생각도 하게 되었다.

그래픽노블 작가로서도 활동하고 있다. 이야기와 그림을 어떤 방식으로 구상하고 지어 가는가?
우선은 하고 싶은 이야기가 생겨야 구상이 시작된다. 전체적인 이야기의 틀이 잡힌 후에 인물들을 스케치하며 캐릭터의 특성을 구체화하면 지언스럽게 이야기노 구체적으로 변화한다. 또 그들이

작가 인터뷰

자리하는 배경 역시 여러 자료를 찾고 스케치를 하면서 살을 붙이는 방식이다.

요즘 관심을 두고 있는 주제나 생각이 있나?

여성의 삶이라는 주제가 개인 작업의 큰 틀이다. 몇 년 전 페미니즘을 접하고 공부하기 시작했던 때에는 모든 것이 명확하고 단순하였다. 하지만 시간이 흐르며 이전보다는 생각과 의견이 다양해지고 상상도 못했던 사건들을 접하면서 개인적으로는 갑자기 모든 것이 복잡하고 어려워지지 않았나 하는 생각을 한다. 또 다양한 관계망 속에 있기 때문에, 무엇보다도 내 어머니를 보면서 내가 페미니스트가 되어 자유로워진 만큼 나와 관계한 다른 여성들역시 자유롭긴 할까 하는 고민을 하고 있다.

색다른 것을 해야 한다는 강박 관념이 있나?

그보다는 잘해야 한다는 압박을 스스로에게 줄 때가 있다.

의뢰를 받아서 하는 작업이 개인 작업에도 도움이 되나?

도움을 넘어 나에게는 엄청난 즐거움이다. 스스로 일러스트레이

터로 칭해도 괜찮겠다고 생각이 든 것도 모두 의뢰 작업이 있으면
서부터이다. 운이 좋아 그동안 훌륭한 작품과 콘텐츠의 의뢰를 받
았다. 작품을 읽고 공부하며 자료를 찾아보고 내 나름의 해석으로
어떤 장면을 만들까 고민하는 이 모든 과정이 내가 너무나 하고
싶던 일이었기 때문에 의뢰 작업을 할 때 행복하다.

그림의 아이디어는 어떻게 나오는가?

의뢰 작업의 경우 모두 글 속에 있는 것 같다. 화면을 구성할 때에
떠오르지 않으면 사진집이나 영화를 보곤 한다.

어떤 도구를 주로 사용하나?

주로 붓펜을 사용한다. 의뢰 작업을 하면서부터는 수정이 용이할
수 있도록 디지털로 옮겼는데 스케치까지는 늘 붓펜으로 수작업
을 하곤 한다.

그리기 과정에서 중요하게 여기는 것은?

〈무엇을 어떻게 그릴까〉이다. 인생의 커다란 문제와 수상쩍은 사
건들을 아주 일상석으로 표현하는 것을 집착적으로 좋아하고, 마

찬가지로 그런 일들을 늘 있었던 일인양 그려 낸 작품들에 흥미를 느낀다. 어떤 스타일을 지닐지는 〈무엇을 그릴까〉가 확고히 정해지면 자연스럽게 만들어진다.

문학 작품을 읽으면서도 영감을 얻는지 궁금하다. 최근에 어떤 작품을 읽었나.

무엇을 그려야 할지 찾지 못할 때, 어떻게 이야기를 만들어야 할지 헤맬 때 고전 문학을 찾아 읽곤 한다. 최근 읽은 작품은 밀란 쿤데라Milan Kundera, 도리스 레싱Doris Lessing, D.H. 로런스David Herbert Lawrence와 같은 대문호들의 사랑에 관한 단편을 엮은 『견딜 수 없는, 미쳐 버리고 싶은』이다.

같이 일해 보고 싶은 문인이 있다면?

알베르 카뮈Albert Camus와 버지니아 울프Virginia Woolf의 작품에 삽화를 그려 보고 싶다. 사실 까뮈의 경우는 무척 좋아하지만 그러면서도 한편으로는 평생 이해하지 못하고 모호한 그 느낌을 간직하고 싶기도 하다. 버지니아 울프의 작품에 삽화 작업을 하게 된다면 그리고 싶은 장면이 아주 많을 것 같다.

그림을 그릴 수 없는 상황이 닥친다면 어떤 식으로 〈그림〉의 욕구를 표현하겠는가?

어떤 상황인지에 따라 다르겠지만 오히려 〈그림〉과 관련된 모든 것을 외면하게 될 것 같다.

최정화

2012년 창비신인문학상에 단편 소설 「팜비치」가 당선되어 등단했다. 「인터뷰」로 제7회 젊은작가상을 받았다. 소설집 『지극히 내성적인』, 『모든 것을 제자리에』, 장편 소설 『없는 사람』, 청소년 소설 『그날 밤 우리는 비밀을』(공저) 등이 있다.

이빈소연

기괴하면서도 비밀스러운 인물과 공간을 그리는 일러스트레이터이자 그래픽노블 작가이다. 자신만의 이야기를 만화와 그림으로 표현하면서 동시에 책과 영화에 그림을 그린다.

TAKEOUT 19
부케를 발견했다

글 최정화 그림 이빈소연 발행인 홍유진 발행처 미메시스

주소 경기도 파주시 문발로 253 파주출판도시

대표전화 031-955-4400 팩스 031-955-4404

홈페이지 www.mimesisart.co.kr email info@mimesisart.co.kr

Copyright (C) 최정화, Illustration Copyright (C) 미메시스, 2018, Printed in Korea.

ISBN 979-11-5535-149-9 04810 979-11-5535-130-7 (세트)

발행일 2018년 12월 1일 초판 1쇄

이 도서의 국립중앙도서관 출판예정도서목록(CIP)은 서지정보유통지원시스템 홈페이지 (http://seoji.nl.go.kr)와 국가자료공동목록시스템(http://www.nl.go.kr/kolisnet)에서 이용하실 수 있습니다.(CIP제어번호: CIP2018033679)

이 책은 실로 꿰매어 제본하는 정통적인 사철 방식으로 만들어졌습니다.
사철 방식으로 제본된 책은 오랫동안 보관해도 손상되지 않습니다.

테이크아웃은
단편 소설과 일러스트를 함께 소개하는
미메시스의 문학 시리즈입니다.